FAUST À STAUFEN

DU MÊME AUTEUR

POÈMES

Mosaïques (Regain), 1963.
Escale (Nouvelle Pléiade), 1966.
Opus incertum (Maison rhodanienne de Poésie), 1968.
Au jour la nuit (Dito), 1972, couronné par l'Académie française.
Il neige, Don Juan (Paragraphes Littéraires de Paris), 1979.
Polska (chez l'auteur), 1982.
Surgi du Sable (La Valésoune, Génolhac), 1986.
Mémoire d'écume (Lacour), 1988.
Résurrections de Faust (Lacour), 1989.
Saison d'Amour, dessins de Benn (Lacour), 1991.
Mythe d'Ehtym, (Lacour), 1992.
Au pays revenant (Lacour), 1995.
Tenter de vivre (Lacour), 1997.
À ciel ouvert, illustrations de Jean-Marie Granier (Les Presses du Midi), 2000.
Palingénésie, poèmes (Les Presses du Midi), 2003.

ROMANS

Si toubib (Julliard), grand prix Vérité, 1958.
L'interne des lépreux (France-Empire), 1970.
Île en Péril (L'Hermès), 1978.
Les mirages du désert (L'Hermès), 1981, (couronné par l'Académie française).
Si toubib, grand prix Vérité, rééd. (Lacour), 1997.
Amours de Constance, et autres (Les Presses du Midi), 2004.

DIVERS

Le Gourara, étude historique, géographique et médicale (Institut Pasteur, Alger), 1953, Prix Larrey de l'Académie de Médecine.
Éloge de l'Académie (Lacour), 1988.
Index des Mémoires de l'Académie de Lyon (Lacour), 1989, (avec C. de Clavières).
Hier, Pont-Saint-Esprit (Lacour), 1990.
Réflexions d'un académicien rustique (Lacour), 1990.
Des jardins de la poésie au jardin secret du poète (Lacour), 1990.
Le Je paré des plumes de Pan (Lacour), 1991.
Regards sur l'Académie des Sciences, B. Lettres et Arts de Lyon (Lacour), 1991.
Dans l'aura d'André Chamson (Lacour), 1993.
Musique et poésie, quelques réflexions (Lacour), 1996.
Un soir l'âme du vin… suivi d'Œnomancies (Lacour), 1997.
Paul Eluard : scintillements d'une étoile morte (Lacour), 1997.
Le désert, l'homme et la poésie, essai et poèmes (Les Presses du Midi), 2002.

À paraître :

Feuillets de route, nouvelles (Les Presses du Midi)
Ki et Wou, roman (Les Presses du Midi)
Port-Cros ou l'initiation, essai poétique (Les Presses du Midi)

EDMOND REBOUL

FAUST À STAUFEN

poèmes

LES PRESSES DU MIDI

Impression PDM

---

121 avenue d'Orient - 83100 Toulon
Tel. : 04 94 16 90 20 - Fax : 04 94 16 90 29
Dépôt légal mai 2005
ISBN : 2-87867-652-1

AVANT-PROPOS

Ce recueil de poèmes représente une partie importante d'un ensemble consacré à une vision moderne d'un très vieux mythe : restant fidèle à la légende venue du fond des temps, elle remet en scène un personnage hors du commun, Faust, en ce début du troisième millénaire. Tout a changé, sauf l'essentiel, le mythe perdure, Faust a toujours sa place au siècle de l'informatique, du Net et de la mondialisation…

Toutefois, ces poèmes forment un tout et leur publication séparée a paru nécessaire, car ce nouveau recueil s'inscrit dans la continuité de l'œuvre du poète.

Faust se trouve à Staufen, petite ville du Sud de la Forêt Noire, où il finira tragiquement ses jours, mais il ne le sait pas, même s'il perçoit intuitivement cette issue programmée. Il prend donc conscience avec plus d'acuité de son destin personnel au-delà des aléas de la vie et des choix qu'il a faits, volontairement ou guidé par des forces obscures. Diaboliques ou… divines.

Les voies de Dieu sont impénétrables. Celles du Malin aussi…

"Que celui qui lutte avec des monstres veille à ce que cela ne le transforme pas en monstre. Et si tu regardes longtemps au fond d'un abîme, l'abîme aussi regarde au fond de toi."

Nietzsche ("Par-delà bien et mal")

"Tel moi aussi je suis déchu
de ma folie de vérité,
de mon ardent désir du jour,
et las du jour, malade de clarté,
je suis tombé vers les bas-fonds, le soir, les ombres,
brûlé et assoiffé, n'aspirant plus
qu'à une seule vérité.
Te souvient-il, cœur embrasé, te souvient-il,
combien alors tu avais soif ?
Las ! Faut-il que je sois banni
De toute vérité :
Et rien que fou,
Rien que poète !

Nietzsche ("Ainsi parlait Zarathoustra")

Alors que le soir tombe et que ma vie s'abrège, je ne sais, je ne sais vraiment où prendre ma lumière. Dans le clair-obscur de ce crépuscule symbolique, pas une étoile ne s'allume tant la brume d'ombre, de jour en jour, s'est épaissie. Étourdi, entêté par tant de protestations d'amour, hommages de vassaux et encens profanes, je n'entends pas la voix profonde qui devrait, comme au temps jadis, m'indiquer la voie et préciser l'ascèse.

Dans cette fuite hasardeuse, je vais, je viens, j'avance, je romps, privé de repères : je ne sais pourquoi trépasse le passé, pourquoi je ne me souviens, ni pourquoi ni comment j'ai pu - mais est-ce vérité ? - m'abandonner sans savoir, ni vouloir me reprendre, si j'ai ou non commis l'irréparable ? Si tant est que pour l'homme, l'irréparable soit autre chose que la mort...

Sain de corps et d'esprit, je n'éprouve pas le besoin de tester, je n'ai rien à léguer, sinon l'écho de quelques paroles jetées au néant et dont les harmoniques s'amortissent, à peine s'est envolé mon verbe.

Au bord d'un inconnu, précipice, enfer - paradis, pourquoi pas ? - je lance au hasard le filet de mes pensées extrêmes, pour tenter de capturer en mots ordonnés et coordonnés, des fragments d'hier, d'aujourd'hui, de demain, pour m'en faire, à tout hasard, un viatique.

Personne ne peut m'aider puisque aucune présence n'émerge de la multitude. Seul et désespéré, mais encore vif et audacieux, je me dresse face à l'invisible. Et au gré du vent insaisissable des secondes, je dévide des soliloques épars dont le temps indifférent fait une sorte de prière. Ou une conjuration.

ÂME AU MIROIR

J'ai beau me voir et me revoir
dans la glace,
et réfléchir, moi aussi, longuement,
je ne vois que le temps qui passe,
et en raccourci, mes portraits.

Et l'âme ?

Puisque je la nomme, elle existe,
quelque part au cœur du cerveau
ou partout, fluette et diffuse,
dispersée en mille morceaux,
plus qu'invisible, virtuelle,
un champ d'atomes dans la nuit.

Présente mais immatérielle,
comment mène-t-elle sa vie ?
Est-elle née, et de quels gènes,
est-elle lot d'un grand loto,
enfin est-elle amour et grâce,
est-elle sujette à des maux,
mourra-t-elle un jour, sans histoire ?
Ou libérée de son carcan,
un beau jour, mais je ne sais quand,
quelle sera sa trajectoire
en volant par monts et par vaux ?

Parcelle de l'âme cosmique
rejoindra-t-elle ses foyers
attendant l'heure astronomique
de trouver un autre loyer ?

On la perçoit très tôt dans l'antre,
cette âme que nul n'aura vue,
réfugiée en mon plein centre,
virtuelle, fragile et nue.

C'est donc elle que veut se faire
Lucifer en mal d'OPA,
qui se voudrait majoritaire
dans le groupe des aléas.

S'ils n'existent, âme et démon,
il va falloir les inventer,
mais le problème reste entier,
pour les savants et pour Edmond !

CIEL ENFER

Sur le parvis du ciel,
en vain j'ai attendu,
au pied de ses autels,
en vain j'ai prié Dieu.

Ai-je mal supplié, mal défendu ma cause,
mal brandi l'encensoir, pendule parfumé,
adressant au Très-Haut mon oraison muette,
besoin d'aide, d'amour et de bénédiction,
pour poursuivre ici-bas une mission secrète ?

Je sais, je ne sais rien, mais j'espère et je veux
que l'on m'ouvre les yeux, que le monde s'éclaire,
que je comprenne enfin pourquoi j'ai été fait,
pourquoi je fus jeté, nul et nu sur la terre,
moi qui ne savais rien dans ma félicité.

"Frappez et l'on vous ouvrira !"
"Demandez et vous recevrez !"

ANECDOTE

Mendiant, ne suis demandeur d'emploi.
J'erre depuis des ans sans domicile fixe
attendant de trouver le cap et la route du port
où poserait son sac le marin solitaire,
capitaine au long cours, pauvre mousse perdu.

Et la mer, l'horizon, la nue, étoiles, phares,
cartes et portulans, barre, compas, sextant,
et les grains et la houle, et coups de vent, tornades,
roulis, tangage, et les vingtièmes rugissants,
Cap Horn doublé, passage de la ligne,
un périple d'enfer et tout cela en vain,
pour rebrousser chemin vers Scylla et Charybde...

Sur le parvis d'éternité, je survis, j'agonise,
j'appelle et je m'écrie, le silence répond.

En deçà, dans les troubles espaces,
au premier lamento, l'enfer s'est entrouvert.

POUR LE PRINCIPE

Pour le principe, j'ai grimpé, excelsior, mes frères !
Enfant, adolescent, adulte et encore vieillard,
j'ai gravi les degrés du savoir, solitaire,
poussé par Dieu sait quoi, dans ce colin-maillard,
pour trouver, au hasard, pierre philosophale,
par ci par là, cherchant, hésitant comme un chien
qui flaire un peu partout pour trouver la ba-balle
et l'os majestueux pour en devenir garde
et se faire les dents.
Cet os, en a-t-il fait ricaner, des confrères !
Vulgum pecus, pauvres gens, petits hommes,
pour la gloire, l'argent, pour le plaisir d'amour,
que ne ferez-vous pas à Gomorrhe et Sodome,
perdant sur tous tableaux vos âmes et vos jours !
Certes, j'eus des désirs dans ma folle jeunesse,
avec erreur, j'ai dû rimer plus qu'à mon tour
mais je croyais ! Ferveur et foi renaissent…
Tombé très bas je me hissais, haut dans ma tour.
Descendre, remonter, tomber, tomber encore,
se relever, tomber, baisse, dresse, en avant,
épuiser tout son temps en vaines mandragores,
en abracadabras pour se croire savant.
J'ai joué, j'ai perdu, mais j'ai sauvé la flamme.
Ni jeu, ni compromis, ni manœuvre et calculs,
sans m'avilir, j'ai traversé la vie infâme
consacrée à la mort sans pouvoir de recul.
Alors, c'est vrai, dans un soir de déprime,
le vieux tronc a craqué…

C'ÉTAIT HIER

Faust, imprudent,
signe des chèques
sans provision
et le banquier le morigène.

Monsieur paiera des agios,
un emprunt étant impossible
pour raison d'âge canonique,
et le passif va se creuser.

Au diable ces calculs, ces actes !
Tout peut encore s'arranger,
il suffit de signer le pacte
serait-ce de croix potencée…

Et l'aventure recommence,
plus radieuse que jamais,
je sais tout, je peux et j'avance,
je suis l'amour au mois de mai.

Demain ? Autre époque, autre histoire.
C'est maintenant qu'est le bonheur,
hier n'est plus, demain pas encore,
et ce n'est pas la mer à boire
que vivre pour oublier l'heure
en laissant respirer le corps !

DILEMME

Dilemme : ou j'ai tout faux,
ou le monde est stupide.

À ce point intelligent
et sot, et naïf, et crédule ?
Le monde est plein de lanternes magiques,
de jeux d'eau lumineux et de feux d'artifice
mais l'ombre colorée suffit à nos bonheurs,
quitte à ne pas savoir ce qui rampe dans l'ombre…

Donnez-nous la lumière, quelqu'un !

On ne demande pas des mégawatts de luxe,
quelques lux seulement pour trouver le chemin
et discerner à chaque pas, le mal du bien,
de quoi se voir, un peu moins mal, dans un miroir
et percer le brouillard épais de l'existence
plutôt qu'à chaque instant écarquiller les yeux
et pauvre vieux Roland, donner du cor de brume,
à tort et à travers, et sans espoir d'écho.

SACRÉ BOUSIER

Dans cette aventure onirique
qui double chaque nuit ma vie,
je m'épouvante, je m'envie,
et le diable me fait la nique :
il rit, il me nuit, il m'ennuie.

C'est que je n'ai pas le beau rôle,
muté vif en bousier sacré :
je suis ma route, pas très drôle,
traînant mon bol, bon gré mal gré.

Car tout au long d'une existence
qu'allonge artificiellement
le bonheur et ses rémittences,
je n'ai glané que des instants
à fonds perdus, perdus d'avance,
un bagage peu ragoûtant…

Et je vois grossir sa substance
d'amère pilule à rouler :
je tire c'est ma pénitence
jusqu'à ma mort, un gros boulet.

ALIAS FAUST

Presque immortel, à demi mort
parmi mes frères de la terre
qui m'admirent et me révèrent,
je déprime et maudis mon sort !

Au tréfonds de moi, je panique
voyant changé mon or en plomb,
alchimiste faux et cynique,
mais qui ne manque pas d'aplomb.

Bijoutier d'un faux clair de lune,
je me suis vendu pour du vent :
si je plastronne à la tribune,
c'est pour cacher le ci-devant.

VUE D'EN HAUT

Agitation brouillonne,
on s'aime, on s'entretue,
quel sens et quelle fin en ce chaos confus,
ce mouvement brownien qui jamais ne s'arrête ?

À la loupe ou au télescope,
le drame ici, le malheur, là,
la cruauté, l'immaculé désir,
dans le vent de la mer et dans le chant des mots,
ni bien ni mal, ni merveilleux ni ridicule,
l'homme dans sa grandeur risible de géant
est réduit à ramper au ras de ses luzernes,
avant d'être fauché, stupide, incognito.

ET PENDANT CE TEMPS-LÀ...

Et pendant ce temps-là un nuage qui passe
emporte mes pensées, m'expédie en voyage
dans le vaste Orient des rêves ébauchés
où théoriquement je serais embauché
à des tâches d'azur, des chantiers de merveilles,
chants virtuels, poèmes inconnus.

Et le nuage va, et je le suis, tenace,
décidé à quitter ces lieux où se prélasse
ce vieil homme, éteint déjà, mais survivant,
bercé d'espoirs, d'ailleurs, de pays de cocagne,
qui souffle dès qu'il fait trois pas.

Et le nuage va, et le nuage passe,
il s'irise de tons nouveaux, ou il menace,
devenu noir, de tout tremper.
Mais il change déjà car le soleil se brise,
oued lointain et le nuage a fui
ou bien s'est dispersé dans le ciel qui se grise,
osmose entre les deux, ciel et eau confondus,
ma pensée à l'instant retombe sur la terre
pesante et lourde comme un être humain.

PÂQUES

Alléluia, les cloches sonnent,
l'air vibre ! Joyeux, le soleil
se lève, s'évase et rayonne
comme un amoureux au réveil.

Le merle poursuit la merlette,
Le coq dressé sur ses ergots
Coquerique, et sus aux poulettes :
le coucou rit comme en écho.

Lorsque le printemps renouvelle
le décor, le jeu, les acteurs,
fervent, fringant, je me révèle
démiurge et… fabulateur !

MIRACLE NOIR

Jeune je suis, dehors factice…
Dans la rue où l'amour m'aguiche,
me toisent les hommes, jaloux !
Pourtant, je ne vaux pas un clou.
Plume au chapeau, joyeux convive,
je joue et je perds, je dis chiche…

Tout n'est qu'illusion, et moi-même
je m'étourdis pour tenir tête
aux ennemis de l'intérieur,
je me grime, masque rieur,
face aux fâcheux, aux forts en thème,
aux refoulés, aux trouble-fête !

Les jeux sont faits mais je le cache
pour qu'ici-bas nul le sache,
je m'oriente à bout de nez,
cherchant à sortir du dédale
pour éviter bruit et scandale.
Mais le seigneur est condamné…

Au tréfonds de la silhouette
dont j'occupe le corps astral,
c'est un vieillard qui pirouette,
girouette
dans le mistral.

CONNAIS-TOI TOI-MÊME

Je ne me connais pas.
Homme étant né, errance d'âge en âge,
je me fie aux miroirs et aux photographies.
Pas le temps d'y penser, de penser,
d'orchestrer chants et voix venus de mes abîmes,
qu'on néglige d'abord, qu'on fait taire à jamais
faute d'un peu de foi et de fidélité.

J'agis. À travers l'acte je m'éprouve,
j'apprécie, je retiens, je fais mieux ou plus mal
et je vais au miroir voir la tête qui passe,
content parfois, fâché, agressif ou déçu
des signes et des faits au regard du dedans
(clair-obscur permanent, personne n'y voit goutte
à commencer par l'impétrant).

Ainsi je vais, je viens, je vis à la sauvette
ou, prenant au sérieux ma quête de clarté,
je m'illumine, en vain et je ne comprends guère
ce que veut ce monsieur qui s'agite et se plaint,
et d'abord qui est-il, et que fait-il sur terre ?

JE VEUX BIEN PAYER…

Je veux bien payer
quoique n'ayant rien commandé,
n'ayant pas demandé
à venir sur terre :
j'y suis envers et contre tout
avaleur de temps, et d'espace,
j'ai investi, bien malgré moi,
dans l'hydrogène et le carbone,
dans l'oxygène et dans l'azote,
on m'en a fait - n'y suis pour rien -
molécules de toutes sortes,
mis en organes, en fonctions,
bien programmé, mémorisé,
pour accomplir une vie d'homme
en un cycle planifié
assurant survie de l'espèce.

Payer, d'accord, sur quels critères ?
Payer pendant combien de temps ?
Payer combien ?
Je ne suis pas propriétaire !

Un peu squatter, un peu bohème
brinquebalant au flux du temps,
un feu follet qui pirouette
dans la nuit de ce long tunnel,
soumis du fait de son espèce
à la taxe professionnelle,
aux impôts sur le revenu,
TVA et autres vignettes,
sans espoir du fruit défendu…

Serait-ce déni de justice ?
Je suis seul pour manifester,
aucun écho, ni résonance,
silence le plus absolu.

Il faut payer, c'est la sentence !
Nos géniteurs sont condamnés…

Faust ou Jean, Joseph, Marie, qu'importe ! Ce Je qui loge dans un corps semblable aux autres, à quelques traits du visage et quelques écarts de silhouette près, est-il pour l'essentiel si différent de ces "Ego" que je fréquente, que je rencontre ou que je ne connais pas et ne connaîtrai jamais ?

Être l'universel, voilà qui rassure. Mais non, mon regard est autre, ma figure m'appartient, avec ses rides qui trahissent, ma voix ne ressemble à aucune autre, ni à l'écoute, ni à l'examen des courbes et tracés qu'elle génère.

Qui suis-je ? L'unique... ? Et tous ? L'être parfaitement codifié et irremplaçable ? Ou un vivant lambda, porteur de l'uniforme commun à l'espèce et qui peut parfois se différencier par quelque fantaisie de la nature, un signe, une cicatrice, une humeur, un don ?

Il est reposant de penser que, mort, on devient à peu près interchangeable. Le reste n'est que fumée qui se dissipe, cendres qui s'envolent et se fondent dans le fondamental plasma.

D'abord vivre, ensuite philosopher, enfin mourir, tout s'arrange !

ÉVOCATION

Parents, amis, papillons noirs qui virevoltent,
on n'entend pas de voix, quelques frémissements,
battements d'éventails, ailes furtives,
un concert virtuel de voix confuses
et parfois, coup au cœur, une inflexion
révèle celle que l'on n'attendait plus.
Une image transparente se lève soudain
mais le miracle ne dure, même pas un rêve,
passage d'ange au visage connu.
Un sanglot contenu monte de la poitrine
et s'achève aux rives des yeux.

VENT D'EST

Vent d'Est, temps gris et tempes grises,
la mer se plombe, lourde et lasse,
ni mouette, ni foc, ni brise,
monde trop vide, trop de place.

Passager d'un esquif fragile,
émigrant en quête d'escale,
blafard, effaré, pauvre Gilles,
je me glisse, je m'intercale.

Comme un état d'âme s'installe…
De noirs virus me parasitent !
Ils viennent à bout, les vandales,
du pauvre passeur qui transite.

État d'âme ! Elle encore, l'âme,
qui me poursuit, qui me réclame !
Et moi qui vis si mal mon drame,
d'elle je ne vois que la trame.

CONFRONTATION

Pour mieux me prouver à moi-même
que j'étais jadis un savant,
je régresse en mes jeunes ans
et je résous mes vieux problèmes.

Ce n'est pas tant que je les aime
ces faux mystères dissolvants,
mais je ressuscite, vivant,
quand je maîtrise leurs dilemmes.

Mort avant l'âge ! Mon pinceau
ressuscite le jouvenceau
mais en le revoyant, je tremble !

À nos santés, je porte un toast
et ricane en voyant ensemble
le vieux double et le jeune Faust.

IL SUFFIT D'UN RIEN

Il suffit d'un rien,
d'un éclat, d'un brin,
d'un fond de mer qui brasille,
d'un merle et d'une jonquille
pour se sentir léger, heureux,
comme autrefois, beau ténébreux
tout fou, fringant, un peu bohème
qui retrouve celle qu'il aime.

Un brin, un rien, oui, mais voilà,
il faut les glaner çà et là,
ressusciter sa jeunesse...

Ah ! que l'âme renaisse !

JEUX D'ENFANTS

Les garçons ont des jeux secrets
mais ils paradent comme au cirque,
s'affrontent en haut des escaliers
et se disent parachutistes.

Je ne sais plus jouer à rien,
seuls les efforts me récompensent
et seul le travail me convient,
qui peut m'enchaîner à la tâche.

La vision de ces jeunes fols
me fait rêver aux fins dernières…
Drôle de jeu, drôle d'affaire !
Sauter n'est rien, s'il y a sol.

Pire que la mort, le grand soir
quand on y songe encore en vie,
ce sera le ciel ou le vide :
je n'ai rien pour me recevoir.

Le penseur sans dogme et sans borne,
d'un geste efface le tableau,
le paradis, l'enfer, les cornes,
l'âme, et le bout du rouleau…

J'ai trop cogité, trop compris,
perdant la foi dans les consignes,
j'ai tout tenté, pas vu, pas pris :
tout bien pesé, persiste et signe ?

Ce n'est rien de sauter sur terre.
Quel plaisir d'exister, enfant !
mais pour celui qui se libère,
le dernier saut, c'est le néant.

HEUREUX QUI…

Heureux qui comme Alice a fait un beau voyage,
sans nul effort passant à travers le miroir
pour ouvrir tour à tour les multiples tiroirs
de ce cosmos secret à l'abri de grillages.

Travaux, œuvres, dessins, ne sont que gribouillages
quand on les voit d'ailleurs, à l'écart de l'ouvroir
où cogitent entre eux, les sages du terroir,
juges et immortels aux lauriers de feuillage !

La terre n'est, du ciel, qu'un immense radeau
qui flotte et roule et tangue, entre deux eaux,
bac perdu corps et biens au bout de sa dérive.

Mais le miroir n'est pas l'antre d'Ali Baba !
Faute de le forcer, le mieux qui nous arrive,
c'est de se regarder revenir ici-bas.

IL Y A…

Il y a bien les monts, le ciel et le soleil
dont je suis sûr, à peu près sûr, la terre,
la mer aussi, ses vagues et ses grains,
et la foudre, et l'orage et l'éclair, le tonnerre,
pluie et neige, glacier, névé, torrent,
et les belles fleurs du printemps
tous ces trésors à qui j'ai dû
la pensée, l'idée, l'inconnu,
le savoir, le pouvoir et l'angoisse de vivre,
livres et manuscrits, pierres écrites, hiéroglyphes,
les travaux des anciens que le présent proclame
et me font, chaque fois, interroger mon âme
que je perçois tant bien que mal au secret de mon corps

abandonné vivant au portail de la mort.

JUIN

Juin, l'espace embaume l'herbe fraîche,
le merle en voix sirote son refrain
tressaute et se gave sans frein :
la nuit descend, et le jour se dépêche.

Dans la râpe des jours, le destin rêche
dicte à chacun sa loi, que nul n'enfreint
sauf le poète, en ses alexandrins,
qui nargue le sort et le bat en brèche.

Tout va, tout vient, tout fuit… Profits et pertes
que gère la vie, en comptable experte,
s'enregistrant chaque jour sur le corps.

Cicatrices, bleus, bosses, tatouages !
Chemin faisant, l'âme s'offre un décor
mais on ne saura rien du personnage.

ÉCRITURE

Fanfreluches et bibelots
ont leur mot
à dire.
C'est un langage top secret
que chacun, seul, peut déchiffrer.
Ce message n'est pas le même
pour elle, pour lui, pour le chœur :
quoique muet, l'objet pérore
en traduction simultanée
et version personnalisée.

Rien qu'en mirant son usufruit
inexistant aux yeux d'autrui,
on ressuscite des affaires
pleines de feux et de passions
et l'on trompe ainsi sa bergère
qui caresse son blanc mouton.

QUAND LA PAROLE…

Quand la parole court,
murmurant au griffon,
des abysses venue,

immense et lourd, le silence,
plus profond, le ciel
où se joue la ronde des heures.

Ce qui est dit importe peu.
La terre obscure a-t-elle à redire,
quelque message à transmettre ?
Ce ne sont que mots sonores
comme joués aux dés,
et sans deux sous d'idées, dans la pensée muette,
danse un rayon laser
qui cible et qui dévoile
des coins et des recoins, des mondes inconnus
dont l'homme devinait vaguement l'existence,
sans en imaginer les sites, les saisons,
des paradis perdus
au-delà du visible.

FAUX SONNET

Une averse de rais au travers de mes grilles
me rafraîchit. Le temps mûrit en chambre close,
immobile vaisseau dans l'océan des choses,
tandis que le soleil, dans l'au-delà, fibrille.

L'inaltérable peur qui m'habite et me vrille
mine un jardin secret où fleurissait ma rose.
L'oiseau-cœur fit un nid pour que l'âme s'y pose :
il chante son bonheur et fou d'amour, il trille !

Il pleut, il fait soleil. Jour après jour, l'instant
se prolonge sans fin et compose le temps
que tout être de chair écume en quelques heures.

Je lutte pour la vie et j'évite le stress.
Par moments je souris et par moments je pleure
et je vis en péril comme feu Damoclès.

TROP LONGTEMPS

Trop tôt, j'ai perdu mon image,
omis mon corps, banni mes sens,
trop vécu comme seul rouage
d'un grand machin, à contresens.

Qu'ai-je fait du bel enfant ?
Au matin, n'ai plus couru
dans la combe, triomphant,
feux aux joues, recru.

Obscur servant toujours fidèle
l'animal méprisé se tut :
messages sourds des sangs rebelles
nuls et non avenus, confus.

C'est la tête, monsieur, la tête,
qui fonctionnait parfaitement
notant, dictant, toujours en quête
d'un esprit, sagace ou dément.

Plaisir d'être pour l'âme endormie…
Et durée, aux charmes ambigus !
À demi mort, j'ai vécu
Chrysalide, carcasse, momie…

PAUVRE LION !

Lion, autrefois, dans mon fief,
à mon bonnet carré de Maître,
tous mes disciples de promettre
qu'ils en honoreraient le chef !

Dies illa, dies irae,
où sont mes ouailles ?
à peine le dos tourné
la pagaille !

Destin des vieux lions
ni dents ni griffes...
et la loi du talion !
Faust se rebiffe.

Que reste-t-il de nos puissants
quand l'âge déjà les embaume ?
Un souvenir attendrissant
et l'image de vieux fantômes.

ERREUR

Trop de pages d'encre, de livres,
trop d'heures de jour et de nuit,
moites de sang noir à l'air libre
sur l'âme en quête de sa vie.

Pourquoi ce forçat de brocante,
auteur sans lettres de créances
poursuivant sa cible mouvante
pour d'impossibles coups de chance ?

Le but ? Entrer dans le royaume
des inventeurs de pierre à feu,
chercheurs de Graal sans aveux,
martyrs dans l'au-delà des choses.

Par un grand soir au crépuscule désolant,
saisir qu'on ne peut rien et que l'on est de paille !
Ainsi ce grand effort, plus mortel que le temps,
n'était que névrose et sonnailles.

LA ROUE TOURNE

Elle tourne, la roue, autour de moi :
à chaque instant le monde change, je le vois !
Moi, je suis éternel au regard de mes yeux
à jamais installé sur l'axe du moyeu,
immobile et distant, une sorte de dieu
avec sa foi, ses doutes et ses lois,
un peu païen, un peu gaulois.

Elle tourne, la roue, et en regardant bien,
c'est tout un mécano précis et olympien
qui fait bouger en rond, et simultanément,
horloges de tous poids, de tous prix, de tous temps,
aux mécanismes très anciens,
présents d'un pythagoricien,
un peu savant, un peu martien.

Dans chaque coin, un cycle s'accomplit
recommençant sitôt fini, sans faire un pli
et le voisin en fait autant…
Virent virent les cabestans,
l'univers tourne en cliquetant
alors que mon rythme faiblit
et que je sombre dans l'oubli.

SOLUTION ?

Tandis que les saisons se télescopent,
ouvert aux quatre vents je me fais vieux,
jouant encor un peu de l'apocope,
m'interrogeant sur l'essence de Dieu…
Curieux de tout, je tente en conscience
d'y voir plus clair mais ma science
s'abrège et cale en dépit des efforts !
Je perds mon temps malgré ma sapience
et je fuis… pour me croire fort !

TEMPS D'ORAGE

Temps gris, nuages noirs et vent prémonitoire,
les hirondelles volent bas, l'orage arrive,
et moi, mage d'hier, en mon laboratoire,
je survis, seul, avec un miroir pour convive.

Je le connais, ce personnage qui me mime,
différent du gamin, réplique de l'adulte,
les yeux, les traits, le front, un visage qui rime
avec ceux du passé, l'alter ego se sculpte !

Raz de marée inattendu, un éclair mauve
inonde mon savoir, décape la patine
des meubles des vieux murs, et le présent se sauve
derrière l'irréel d'un faux jour de rétine.

Il pleut, grésillements et clapotis, géhenne…
Frères, il faut mourir ! Tu freines, tu résistes
et tu joues à ravir sans amour et sans haine
la scène du démon qui se fait exorciste.

Et tu souris, tu n'écoutes plus le tonnerre,
tu n'entends plus tes voix et ces brèves romances
qui sillonnent l'esprit, concert imaginaire
pour l'homme qui se fuit dans une peur immense.

Sauve qui peut, voici le jour de l'échéance !

Il y a quelque volupté à vivre, même sans agir et sans aimer, si tant est qu'on le décide.

Je n'ai aucune envie de consentir à quelque satanique dessein : d'abord parce que je veux, comme chacun, conserver mon libre arbitre, et ne pas me priver à terme des félicités célestes, seraient-elles virtuelles. Mais aussi et parce que vivre, c'est voir, entendre, sentir, goûter, caresser et être caressé, à la demande. C'est obéir de son plein gré aux rythmes des heures, des jours, des mois, des saisons, esclave consentant de la lumière. C'est manger et dormir, actes divins lorsque la faim taraude le ventre et que la fatigue terrasse le corps. C'est voir poindre le jour et tantôt, sur l'horizon, en face, se coucher le soleil comme un tableau vivant.

C'est surveiller lunaisons et marées, accomplir quelque rite païen ou magique, un soir de pleine lune, c'est aller prendre le vent du large sur la grève découverte et glaner ces fortunes de mer que sont coquillages et galets polis. C'est voir monter et redescendre l'écliptique sur l'horizon familier. C'est découvrir des sites inimaginables et des étoiles nouvelles. C'est parcourir le monde sur quelques touches, entendre des inflexions originales et des mélodies inouïes...

C'est être présent à soi-même, c'est se dissocier, se regarder se voir, c'est gagner l'infini par la pensée et atteindre l'au-delà par un sixième ou septième sens non encore reconnu.

Et le moment venu, aimer !

Soleil, brume légère, ritournelle simple d'un merle en habit... Je vis, je ne sens plus peser mon corps, ou plutôt il ne fait qu'un avec ma pensée : légèreté diaphane, apesanteur douce, épanouissement, accord, liberté.

ANACHRONISME

Oasis bleue en cet été d'automne
alors que l'ouvrier réclame du renfort,
que l'œil se voile et se cantonne
dans de vagues visions, à coups d'efforts !

Tout fleuri, le tilleul sur la terrasse
intensément exhale en plein midi
un parfum de femme qu'on embrasse,
haleine d'ange, paradis.

Pas si banal, des oiseaux qui gazouillent…
Pour la première fois, le rossignol
m'enchante de son chant et je m'embrouille,
grand bâtisseur de châteaux espagnols.

De ci de là, foulant mon territoire
qui rétrécit chaque jour un peu plus,
oreille et nez au vent, je tire gloire
de tous ces trésors qui m'ont plu.

nuage nu qui se déhanche
diamant exquis d'un reflet
magicien sortant de sa manche
lapins ivres de serpolet

Et moi, retombant en enfance
heureux de voir toutes ces fleurs,
ces oiseaux, ces enfants, j'avance,
naïf, vers l'ultime souffleur.

RÉGRESSION

Nuit venue,
le décor sombre dans l'ombre,
des étoiles en surnombre
balisent la nue.

Dedans, douceur, silence, calme,
aux murs des portraits, des tableaux,
rayons de livres, bibelots,
pots de fleurs, plantes vertes, palmes.

Chaude atmosphère intemporelle
où rôdent figures, chansons,
tout un passé, souvenirs frêles,
qui bercent un petit garçon,
prisonnier dans la citadelle.

DOUBLE JEU

Nue, imprécise sous ses voiles
Elle se joue, enchaîné-fondu,
À guichets fermés, la vraie vie.
Opéra, drame et tragédie,
Sotie parfois, farce, opérette,
La pièce vue à l'avant-scène
Cache, derrière le décor
Et la toile de fond flatteuse,
L'absente vérité cruelle
Que l'homme ne peut supporter.
Lorsque les yeux s'ouvrent enfin
Que le regard perce les toiles
Et que l'homme connaît son sort,
Le rideau tombe.

MAL D'AMOUR

Mal d'amour, cadeau du sort
qui décore l'existence,
inspire odes et stances
aux poètes et consorts,

mal d'amour, douce folie
qu'inspirent fille jolie
et le charme féminin
ou les grâces du menin,

mal d'amour pour mâle en rut
qui croit jouir, sûr et brut,
mais perpétue en vitesse
gênes de la folle espèce !

Tant de vie et de soupirs,
tant d'efforts pour décrépir,
tant de pleurs pour s'assoupir,
tant de ferveur pour mourir ?

Alors, être ou n'être pas ?

FUITE

Le temps coule, coule, coule,

il est bonasse, il est houle
le temps court, désescalade,
il dévale et il cascade
à travers heures et jours
sans trompettes ni tambours.

Le temps coule, coule, coule…

Et soudain il s'emprisonne
dans la plaine des langueurs
et son courant monotone
languit d'ennui, de lenteur.

Le temps coule, coule, coule.

Et moi, perdu dans la foule
des frères du mauvais sort,
je stagne et j'attends la mort.

Le temps coule et moi je saigne !
Il peut couler, à l'enseigne
de l'éternel dont il vit,
moi, je me vide à l'envi !

Le temps coule, le temps roule,

le pire reste à venir.
Le temps coule et se recycle,
moi, je change de besicles
et vois s'écouler le sang
en nappes ou en jets puissants
comme gicle par moments le temps mutant,
instants changeants,
faussant débits et algorithmes.

Moi, je m'en vais à mon rythme
que je voudrais moins pressé
car je me vide, agressé,
par la seconde qui passe
et la vieillesse fugace.

TEMPS PERDU

Temps perdu, moment gagné,
d'une baguette rêveuse,
je mène l'âme ergoteuse
sur un tempo résigné.

Quoi d'important sauf la rose ?
Rien, même pas le plaisir !
Les jeux du corps et du désir,
me laissent à mes névroses.

Je ne souffre, ne m'inquiète,
ce qui doit être, sera :
figurant dans l'opéra,
peu me chaut l'historiette !

D'anecdote en anecdote,
c'est le profil du destin
qui se dessine et s'éteint,

si j'ose dire, par litote.

JE MEURS D'AMOUR

Je meurs d'amour et je suis mal aimé.
Respirer, s'agiter, travailler, enfin... vivre,
ne comble pas mes jours. Et même écrire un livre
ne peut exorciser le poète affamé.

Pourtant le soleil brille et le vent s'est calmé.
Le printemps a fondu les fontaines de givre,
les rosiers sont en fleurs, le seringat m'enivre
mais le cœur ne survit qu'en quelques vers rimés.

Encre-sang, artefact, poème, pacotille,
tout cela ne vaut pas une âme sœur gentille
qui dénude pour vous ses charmes potelés.

Je donnerais mes sous, mon existence même
pour m'endormir vivant dans ses doux barbelés :
moi qui ne suis qu'amour, je voudrais qu'elle m'aime.

PORTRAIT

Je ressemblais à mon père,
J'étais le portrait de ma mère.
Aux temps bénis où l'on aime,
je ressemblais à moi-même.
Aujourd'hui, je me ménage
et je ressemble… à mon âge.

AH ! LES FEMMES !

Ah ! les femmes ! Ah ! ces belles que nous aimons,
ces amours à venir que nous n'aimons encore,
tous ces cœurs inconnus qui vont grossir le score
de nos jeux de hasard, de l'âme et du démon !

On en voit défiler dans le temps, en amont...
Parmi la procession marche quelque pécore
qui nous martyrisa, mais la beauté décore
ces mascottes d'hier, d'azur et de limon.

L'une vous fait mourir et l'autre vous emballe.
On gagne à tous les coups, décrochant la timbale,
c'est le parfait bonheur... jusqu'à la trahison.

Comme toute la vie, une femme est mystère :
griffe et velours, pierre de cœur, corps de tison,
la tête dans le ciel et les pieds sur la terre.

INQUIÉTUDE

Paradoxal, pyramidal, invraisemblable !
Plus je veille et plus je vieillis,
si je jeûne, je rajeunis
fin comme un lambre !
Ah ! Vous ne savez ce que c'est ?
Donc vous ne pouvez pas juger.
Si je vous parle d'araignée,
vous penserez à mon plafond
et vous ne saurez jamais
comme on est bien
en carapace !

ENQUÊTE

Qui suis-je et d'où je viens ?
Père et mère sont morts, éphémères, fragiles,
sans livrer le secret de mon apparition,
rencontre de hasard, conjoncture subtile,
soit, plus profondément, inconnus, invisibles,
deux messagers des miens.
Prirent-ils du plaisir à ce baiser mineur,
l'ovule à conquérir, le spermatozoïde,
maître de la matrice et vainqueur de ses pairs ?
Ces clones distingués de gènes disparates
- pour la reine, mille bourdons vibrionnants -
ils sont morts, tous, sauf un, dont je suis l'héritage.

Dans un micro cosmos à peine imaginable
de ce magma lacté de flagellés grouillants,
naquit un fils de Dieu, plus tard fils de ses chances,
qui tentera, le jour venu, de s'expliquer
le mystère de vie et le sens des naissances,
pauvre étalon, oreilles sourdes et œillères,
Pégase inachevé, sans ailes d'au-delà,
inapte à voir jamais, tant son champ est étroit,
ce qui est, ce qu'il est, ce qu'il sera demain,
et d'approcher, au fond, ce feu divin
qui donne, pour un temps, quelque sens à la vie.

À DIRE VRAI…

À dire vrai, de la vérité, messeigneurs,
je ne sais rien. La science dans les nuages
danse, danse, et moi, le grand mage,
n'y vois goutte, aveugle, éteigneur.

Pour vous, humains, en proie au temps,
la vérité, c'est la dérive.
Ce qu'on voit, qu'on tâte, qu'on sent,
on ne comprend mais on archive.

La vérité ? Masque ou symbole,
une parcelle de ciel bleu
dans la nuit lourde de la taule,
un rêve de pépins, s'il pleut.

AH ! LA FÊTE !

Ah ! la fête ! Toutes voiles dehors,
face au vent qui se lève,
bouteilles à la mer, et délices et rêves
tout le ciel visité sans risque et sans effort !
Flambent les joues ! Et les yeux brillent…
Les vertus secrètes du vin
flattent l'âme et la déshabillent.
Elle se défend, mais en vain.
Sombrent le monde et le jour d'aujourd'hui !
Et hier comme demain, le présent vif explose,
seul dans le pur instant qui s'espace et qui fuit :
fondus, enchaînements, et le temps se repose.
Big bang mineur, mais l'existence fleuve
sourd du néant, sourires et bouquets,
parenthèse d'une ère ouverte et neuve
qu'on ne refermera qu'à la Saint Bilboquet.
Ainsi, de temps serti et protégé des ondes
dans le lagon bleu vert d'un monde inachevé
l'homme en fête et en feu brûle quelques secondes
tandis qu'un crâne nu ricane à son chevet.

PERSPECTIVES

Et chaque jour la vie avec le temps trépasse,
ombres, reflets, luisants sur l'écran du vécu,
comme un blason toujours nouveau pour le vaincu
qui épuise ses jours à marquer son espace.

Pauvres humains, filous qui croient faire main basse
sur des bonheurs rêvés, des amours, des écus
et qui, passé l'espoir, se retrouvent cocus,
n'ayant rien obtenu contre les ans qui passent !

Pas un tableau, même pas un diorama,
nul souvenir vivant de tout ce cinéma
dont le scénario finit sur la sentence !

Que reste-t-il quand elle tombe - vox Dei ?
Ces mille petits riens qui font de l'existence
mosaïque d'antan, digne de Pompéi !

DÉPART EN MISSION

Petits matins à bouche amère,
avec du sommeil plein les yeux
tout bousculer, changer d'horaire,
programmer, partir dans la nuit
pour un terminus sans frontière.

Inconnu, connu, tout s'embrouille,
ce qui serait ne sera pas,
mais le voyageur sans bagage,
content ou déçu reviendra.

Je voudrais être ici, je voudrais être ailleurs, je voudrais être un autre. Et je ne suis que moi, demi-dieu, demi-serf, vieil homme encore gourmand d'existence, résultat résumé de plusieurs vies en une, rêveur qui voit en cet instant surgir en fondu enchaîné les avatars consécutifs de l'innocent jeté au monde.

Je veux savoir, saisir, surprendre.
Être plus... encore un peu.

Je voudrais être ici, mais ne pas y rester. Je voudrais être ailleurs, et déjà revenir. Je voudrais être un autre en restant qui je suis.

Pourquoi tous ces désirs que j'accueille et refuse. Pourquoi se contredit ce Moi qui se divise ? Que cherche ainsi celui qui se cache au plus creux et qui tire mes fils ?

Ici, dans le réel, c'est l'enfer, le chaos. En dedans l'inconnu, dans sa vérité propre, vit en pleine clarté dans des cavernes sombres où se sont entassés au cours des mois, des ans, les désirs, les erreurs, les faillites, les drames. Il sait, il ne peut dire, il souffre, et il a peur.

C'est pourquoi je suis contraint de gesticuler et de claquer au vent, comme une voile vide, sans connaître la paix, la sainte ataraxie.

Et pourtant je me sens comme un cœur d'espérance. Qu'on me laisse le temps !

Je veux savoir, saisir et je veux me surprendre. Être encore, être plus, vivant, encore un peu...

ABRACADABRA

Abracadabra, abracadabra !
On a beau crier la formule,
gesticuler à tour de bras,
pour en doper les majuscules
et obtenir le feu sacré,
le philtre ou le concentré,
la quintessence, la pilule,
qui rend au roi des vertébrés
le goût de survivre à son gré,
et d'épicer, salé sucré,
ce raccourci du crépuscule
où se faufile l'émigré,

on a beau dire, on a beau faire,
on ne change rien à l'affaire.

UN PEU, BEAUCOUP…

Un peu, beaucoup, jamais assez,
on veut, on prend, on a, on est,
tandis qu'un mince fil de sable
coule au licol du sablier…
Il suffit de se mettre à table
ou de ceindre son tablier
pour survivre, très convenable,
sans comprendre, et tout oublier.

MYSTÈRE

Au loin, comme un grelot résonne,
un glas, des cris, une consonne,
un mystère qui se promène
en égrenant des graviers creux
jalonnant un chemin ombreux
pour faire croire à tout venant
qu'il y a un secret dedans.

À LA BELLE ÉTOILE

Belle étoile fait de l'œil
à celui qui la regarde…
Ne marchez pas, prenez garde :
un grand trou masque le deuil,
il n'y a pas de rambarde !
Et si vous sautez le seuil
du présent, à la hussarde,
la valise ou le cercueil
pour celui qui plein d'orgueil
s'est pris pour un écureuil.

SENS UNIQUE

Toute une vie engluée en besognes,
faute de temps, et temps fautif !
Pour tailler un brillant où l'on se reconnaisse,
pour la moindre facette à piéger le soleil,
que de placers, de misères, de soins !
Tout ce temps dispersé qui jalonne une route,
c'est mémoire de rien, gaspillage, regrets.
Le péage se paie longtemps avant le terme
et l'on arrive au bout, sur la Terre promesse,
las, déçu, sans amour, sans le moindre projet
et cet échec final que la mort entérine,
c'est là tout le bonheur que l'on peut espérer.

ALOUETTE

Alouette, gente alouette,
comme toi j'aime le matin
l'air frais qui fleure bon le thym
et le mistral qui me fouette.

Sans préavis, il me prendra,
il me déplumera la tête
alouette, gente alouette,
et le cœur, tradéridéra !

Je sais bien ce qui m'attend...
Comme tu te feras chouette
pour m'avertir, alouette,
qu'il ne me reste un instant.

Qu'importe puisque tout se meurt !
L'important, c'est la chansonnette
des oiseaux et de l'alouette :
ne suis qu'un éternel dormeur.

FAUST

Avec ou sans ordinateur,
sans téléphone, sans moteur,
Monsieur Faust, pas fou, communique
avec ses pairs, les grands savants,
avec la jeunesse (en avant !),
à l'univers il fait la nique
et même à Dieu, le créateur,

puisqu'il courtise le vieux Nick,
diable anglais, faux-monnayeur,
payeur, pourvoyeur, fossoyeur,
toujours brillant et sardonique,
en quête d'âmes, de vertus,
turlututu, chapeau pointu,
à mettre dans sa gibecière.

Il me distrait, cet animal,
Colinette, à ça, pas de mal,
même si un jour de tristesse
j'ai trempé de sang ma jeunesse
et l'âme - qui n'existe pas ? -
afin d'ajourner mon trépas
aux lointaines calendes grecques.

À MON ÂGE

Vieille tortue, vieux crocodile,
voilà que je tremble et palpite
comme un étudiant imberbe
qui découvre son premier nid
et baise sa petite amie
sur une lèvre encore vierge.

Un maintien, une silhouette,
une démarche, une dégaine,
et voici que le train halète
et veut rattraper le retard.
Parfois, il suffit d'une bête
une cétoine en habit vert,
une mésange en galipette
ou des étoiles à l'envers,
surtout si elles filent vite
ou dans un ciel neuf, inconnu,
une comète inattendue…

ARIANE, MA SŒUR…

Où êtes-vous, précieuse présente,
invisible toujours, fidèle et diligente,
âme, enfant de mon cœur, âme frêle, ma sœur,
exigeante maîtresse et amante douceur,
Ariane au long fil de soie que je faufile
dans mon parcours d'inventeur malhabile
qui glisse de l'enfance à la sénilité
en minuscules sauts de fausse éternité,
perspective impossible à voir et à décrire
dans une dimension en plein délire,
quatrième ou cinquième, interdite à l'esprit
qui dérive au vent véridique
que l'âme seule affronterait,
Ariane ma sœur, fille d'une hypothèse…

AU BORD

Au bord des vagues, de l'écume
il passe et s'efface, pensif,
inconnu perdu dans la brume
d'un monde flou hérissé de récifs
et d'âmes esseulées qui voguent et divaguent
sous l'œil du dieu très haut, passif et vigilant,
cerf-volant qui zigzague.
Et il vit, doucement ou vite, impatient,
plein de désirs, déçu, nul et omniscient.
L'homme pense et dans sa tête, il danse,
il boite, il se repose, il repart, il avance,
forçat du temps et du destin,
qui s'étourdit de drogue et de festins,
beaux-arts, poèmes et romances !

Le jour, la nuit, tout recommence
et le passant qui n'en peut mais
et qui rêve de mois de mai
s'enfonce et fonce au point de fuite,

soleil noir dans sa mort fortuite.

SOUVIENS-TOI

Souviens-toi, petit homme,
petit bonhomme chamarré,
traînant ton sac à diplômes
que ton avenir est barré !

Monterais-tu sur le trône,
te ferait-on cardinal,
parvenant au terminal,
il te faudra rire jaune.

Le secret qui suit ta route,
ne l'apprendras que trop tard,
au choix, victoire ou déroute,
prince héritier ou bâtard !

La vie écoule ses heures…
Qu'il est tenace, le temps !
Tu vis, tu ris et tu pleures,
qui te hale, Dieu, Satan ?

Peut-être rien, ni personne…
Ta présence ? Un hasard.
Pour toi ce glas que l'on sonne
s'estompe dans le brouillard.

On te pleure, on te regrette,
non, tu n'as pas tout perdu,
l'épitaphe est toute prête :
“ci-gît un destin tordu”.

ET MAINTENANT

Et maintenant il faut chasser,
papillons noirs, ratepenades
et tous les insectes cafards
que l'on rencontre en promenade,
que l'on pique et que l'on enchâsse
en sarcophage de cristal.

Laisser les fleurs faner sur place,
laisser pousser l'herbe des prés,
cesser tout jeu, tenter d'entendre
la voix de l'oracle sacré…

LE TEMPS PASSE

Le temps passe.
Les corneilles du vieux bourg
graillent leurs criardes antiennes,
m'assiègent, m'assaillent, me tiennent
dès que je respire la vie.
Le temps passe. Ne sais rien,
ni quand, ni où, ni comment,
ni le jour ni l'heure.
Mais je devine qu'elle approche
l'échéance,
demain on ferme,
ultime terme
et déchéance.

Le temps passe.
Que faire pour sauver le reste
et trouver intérêt aux fins,
à ces espoirs inachevables,
à ces aphones symphonies
faute d'amour et de ferveur…

Le temps passe.
Que faire, réfléchir, agir,
étourdir à force de fêtes
cette tête qui pense encor,
laissant au gré du flux danser
idées, images, tendresse,
un peu lasses et faussées peut-être,
de si douces éphémères
qu'elles me font pleurer
sur moi-même.

PRÉSENTS ET PAS PERDUS

Présents et pas perdus entre ces deux quatrains
entre deux actes vifs, passage sans entrain,
parenthèse d'instants, ni nuls ni nécessaires,
ruban de vie à bobiner, et chemin à refaire.

Temps gagné, temps perdu, temps aboli, qui sait ?
Cet entre-deux vécu - nul sort ne l'esquissait -
n'appartient qu'au passant en pleine transhumance,
comme oubli du destin... qui toujours recommence.

Jardin, fouillis, maquis, ce temps mort grouille d'art,
de petits cris, d'appels et de pensers standards
où l'homme suspendu dans un soudain solstice
découvre des trésors en de brefs interstices.

On dit : tantôt je fis et tantôt je ferai...
L'âme mise au repos aperçoit quelques rais
qui inondent de spots des pans d'inconscience.
Le bonheur naît des inédits de la séance.

Temps perdu, temps gagné, espace bienheureux,
geôle de liberté sans risques pour peureux,
miette d'absolu pour l'homme aléatoire
que le destin oblige à filer son histoire.

RÉSOLUTIONS ?

Vivre, sens aiguisés, au rythme de son corps
en épousant la vie, en chantant la romance
qui convient à l'instant, qui meurt et recommence,
et avec son destin marcher en plein accord.

À la rigueur, se plaire à changer le décor
et croire qu'on dirige ainsi son existence,
enfin libre : ni mors, ni licol, ni potence
sûr d'arriver au but fixé comme record.

Mais la fatalité, tôt ou tard, nous rattrape :
ce qui devait venir nous attend à l'étape,
au hasard des chemins, à Samarcande un soir…

L'homme orgueilleux poursuit les fins dont il se dote
mais le scénario progresse sans surseoir
au gré d'un prête-nom, auteur de l'anecdote.

À L’OMBRE DE LA CIGALE

Ne suis responsable
de mon père, de ma mère,
de la mer et de la terre
du ciel et du sable
de mon propre jour
ni de cet amour
passable.

Je vais, ne sais où,
de fleurette en pleurs
et de pleurs en brames,
vieux cerf massacré,
dieu consacré serf,
à la botte de ma dame
qui se fait ses gammes
sur mon dos
à la ville et au dodo.

Mais le poète en tapinois,
faux prophète un peu sournois
qui blanchit sous le harnois
va de fêtes en tournois
et s'entête, malhonnête,
à gauler les noix.

L'INSTANT VIENT

L'instant vient. Suis-je perdu, sauvé ?
Qu'ai-je fait de si mal en désirant renaître
pour vivre, pour aimer, pour jouer, se connaître,
mieux réussir - novice que je fus
qui perdit tout son temps à guigner la maîtrise...

Le seul secret - personne ne l'a dit,
ne l'a soufflé à mon oreille -
nul ne le connaissait sauf peut-être un poète,
c'était d'abord aimer la vie,
de s'y plonger entier, à suffoquer de honte,
d'aisance et de plaisir,
et de recommencer sans attendre l'aurore,
pousser chemin faisant quelques cocoricos
et s'endormir sauvé dans les bras de ses songes.

FINAL

Personne n'ouvre plus,
à gauche ni à droite.
Voix trop faible peut-être
ou pas de répondant ?

La voix résonne encore un peu, se perd.
Silence.

Je suis vieux. Je suis seul.
Il n'y a plus personne.

Le bateau vibre.
Le vent siffle et la mouette rit.

En avant, toutes !

Donc, si Faust il y a, Faust je suis. Sinon, rien de grave. Je vis, je m'observe, je m'attends au tournant : ai-je passé contrat avec quelque puissance obscure, Dieu, ou pire avec le bien-aimé archange, le porteur de lumière, rejeté dans les ténèbres, jaloux, orgueilleux et intelligemment stupide ?

Qu'importe ! L'âge aidant, et aussi l'expérience, voici que la conscience, sans miracle ni magie, s'est surprise et que le voile se dissipe. Dans la clarté, dans la vision précise de mes erreurs, je considère sereinement mon présent et mon destin, c'est-à-dire cet avenir qui ne m'appartient pas : ce pauvre contrat, réel ou supposé, que pèse-t-il vraiment ? A-t-il encore quelque valeur, l'aurais-je paraphé ?

Homme sans doublure factice, responsable de ma volonté faustienne, j'assume la somme de mes fautes et de mes faiblesses. Ne pourrais-je m'accorder... le bénéfice de mes efforts désintéressés et de mes dérisoires exploits ?

Quel orgueil encore dans cet espoir. Faust ou pas, tu n'es qu'un piètre avatar de la créature primitive et fondamentale, celle qu'engendrera le hasard, en des millions d'années, ou – j'entends l'Autre ricaner dans mon dos – Dieu, en sept jours.

Porte vaillamment tout de même ce mythe de l'homme qui croit à son éternité et assume ta faute d'évadé qui ne pardonne à personne son intrusion involontaire sur une planète grain de sable autour de laquelle il fait tourner l'Univers.

MÊME AUJOURD'HUI

Même aujourd'hui, à la veille de rien,
je souris en pensant à la vie éternelle
que j'ai vécue en peu de temps, vaurien,
inachevé, chantant ma ritournelle,
la même toujours, mais si belle
que je recommencerais bien…

NITCHEVO

Nitchevo ! Sous le soleil rien de nouveau,
le charme slave agit et rien n'a d'importance,
et je suis là, déçu, comme chasseur bredouille
qui n'a rien vu, rien pris, simple semeur de douilles,
tirant en l'air, pétard mouillé pour croire au jeu…
La fortune, elle va, elle vient, elle passe,
distribuant cadeaux, honneurs, soucis et peurs.
Quel changement au fond dans l'abîme de l'âme ?
L'habit de cour ne mordore le cœur,
bijoux ont moins d'éclats qu'un coup de cœur,
les écus sont moins beaux que le cœur de ma belle.

Janus bifrons sourit et sanglote à la fois,
avers, revers, dessus, dessous et “quelque part”,
bonheur, malheur, impair et passe,
drapeaux en berne et grand pavois !

Insensible à ces dons,
homme au peu de mérites
je m'éloigne endurci,
je ne pleure, ne prie et ne me plie aux rites
sourd aux concerts comme aux airs de pipeau.

PUISQUE JE ME SUIS VU

Puisque je me suis vu, ce soir, en perspective,
que j'ai compris, en gros, le sens de mon parcours,
et que cahin-caha, dans mes lueurs tardives
je ne me connais pas condamné par la Cour,
j'espère et je souris.

À savoir, je respire,
je mange, bois et dors,
tout le reste, et le pire,
quêtant la Toison d'or.

Un pas, encore un pas, chaque jour davantage,
on avance grisé, sans vouloir, sans savoir,
toujours un peu plus loin, un prudent cabotage,
dans l'inconnu, roulant et tanguant par devoir.

Attention, attention, le cyclope se fâche,
le cyclone ouvre l'œil,
la dépression fait tache,
attention, attention, coque de noix, cercueil !

Lames de fond, récifs, tempête,
abordage, avarie, voies d'eau,
perdu corps et biens, à perpette,
vire au guindeau !

PENSÉE VOLE

Pensée vole et virevolte,
papillon sans apparence
sans ombre et silencieux,
point lumineux inaccessible
qui se dédouble et se déforme,
soudain multiple et carrousel
d'une famille désinvolte.

RONDE

Mobilis in mobile
et pourtant immobilisé,
le monde fuit par-derrière
à très grande, grande vitesse.
Et l'homme sur son bout de terre
parfaitement artificiel,
s'envole pour un autre ciel
en sédentaire.

Ainsi du bipède penseur,
debout, dressé, irrésistible,
qui marche la tête à l'envers,
ou stationne en sa litière,
tandis que tourne la planète
en de complexes mouvements
pour sa pirouette éternelle
et sa ronde autour du néant.

MODÈLE EN LIBERTÉ

Modèle immobile, vivant,
quarteron d'esprit et de muscle,
d'âme et de sang, de souffle et d'os,
bon gré mal gré plié au rite,
et fonctionnant tant bien que mal,

Repos ! Soudain figé, le corps échappe,
se met en veille et en veilleuse
mais tout le reste ne dort pas,
l'esprit trépigne et s'affranchit,
l'âme délivrée se dilate,
le champ s'évase et s'illumine,
le no man's land se rétrécit
quand la machine est au garage
le maestro s'épanouit.

AMI, ENNEMI…

Ami, ennemi, le corps,
ce compagnon de l'aventure,
fidèle et désobéissant,
ma propre statue mobile…

Il fut beau, il est ce qu'il est,
laid, amolli, perdant ses formes,
encore fort mais si fragile,
qu'on devine qu'il en mourra.

En ferai-je don à la France,
à la terre, à la Faculté
ou, en fumée, à l'atmosphère
et en poudre à quelque océan ?

Ma mort, point final et divorce,
laisse supposer qu'un esprit
se libère et se donne aussi
grandes vacances spatiales.

Le corps sans l'esprit, qu'est-ce que c'est ?
L'esprit sans le corps, est-ce un mythe ?
Alors qu'on est toujours vivant,
on voit s'agiter aux limites
des carnassiers et des légistes
qui sont déjà nos héritiers.

PASSAGE

Homme tu es, homme, tu meurs !
À force d'esprit et de cœur,
tu t'es forgé cette belle âme
et tu voudrais qu'elle réclame
virginité, siècles, ovni,
pour te survivre à l'infini
tandis que la terre s'éboule
et que ton château fort s'écroule !

Homme, je te salue en ta naïveté
pour ta totale fin sans tambour ni trompette,
aussi nul, aussi creux que ces crânes vidés
qui regardent, hagards, le néant à perpette !

Homme, je te salue et tu réponds adieu
comme si dire amen n'était pas un non-lieu.

CETTE MER…

Cette mer, avec ses faux airs d'infini,
son horizon courbe, un peu fourbe,
fut le forum, au temps de Rome,
où croisaient tant d'aventuriers,
marins, marchands ou soldatesque,
un réseau d'espoirs saturé.
Les tartanes, les goélettes,
et plus près, les pointus, voguaient
dans l'eau salée aléatoire
où se faufilent les dauphins.
Et tout cela au gré du vent,
malgré les grains et les bourrasques
suivait son sort et davantage
haute mer ou vil cabotage,
de port en port,
de plage en plage,
lignes d'un schéma dispersé,
épure sans objet réel,
lignes d'une main invisible,
cartes et portulans à jour,
périples réglés à l'extrême,
tout fonctionne à fond, sauf gros temps
et le risque même s'explique
en programme d'ordinateur.

Reste la pause sur la plage
au nonchaloir de la marée,
le soleil qui brûle et qui rage
et l'oubli, l'oubli
de la vie,
le retour aux sources profondes,
voir, humer, sentir, respirer,
fondre dans l'eau, plonger, nager
et ressortir ressuscité
en attendant le rabâchage
des jours et des nuits programmés,
passager déporté, banni,
dans ce monde qui doit tourner.

DRAME

Le drame ne se trame pas
qu'à l'Opéra, dans les romans,
et, dans la vie,
il y a aussi avalanches et conflits,
séismes, cyclones, orages
et ruptures inattendues
dans cette soupente secrète,
inaccessible, sans adresse,
qui existe et n'existe pas,
l'âme réfringente et profonde,
liquide cristal délicat
qu'un souffle impur souille et embue.
D'elle, sans doute, au cerveau montent
ces ondes lentes centrifuges
qui vont déréglant la pensée,
perdant ses feuilles une à une.
Derrière le vouloir tendu
flotte le fol arrière-fond
qui ne se fixe ni s'éclaire,
vagues de gave qui divaguent,
flux et reflux inachevés,
étranges contrepoints d'accords.

Rien n'est certain, rien n'est moins sûr,
tout change, tout se dénature,
l'oiseau se fait ratepenade,
et le matou se fait souris
dans l'instant même de l'image.
Vivre, poursuivre, aimer, Éros,
et soudain, sans cause, la suite…
Vive la mort, j'ai trop vécu,
même le soleil se répète
et la nuit m'ennuie, la routine.
Tout ce qui fut possible fut
la danse des mots, redondance,
l'amour, papier de soie froissé,
et la gloire, vil crépuscule.
Assez, toujours, jamais, encore,
au-dessus, c'est le cinéma
et l'agitation sur les planches.
En attendant de s'en vêtir,
la croix du drame
est plus profonde qu'on ne croit.

PETIT BONHEUR DU SOIR

Bonheur d'écouter les colombes,
glosant à tort et à travers
avant que la nuit ne retombe
sur l'horizon en festons verts

En contrepoint de la romance
petits câlins et jeux de mains
car l'amour toujours recommence
si je suis encore, demain.

ENVOL

Se laisser emporter par l'image qui passe,
voyage sidéral tout en apesanteur,
et découvrir au hasard de l'espace
les mondes inconnus dont on est l'inventeur !

Qui donne le départ, une fleur, une femme ?
un gorgeon de nectar, un cliché retrouvé
et le cheval aux ailes d'or que la prison affame,
s'envole dans l'azur avec le réprouvé…

LA VÉRITÉ

La vérité aux cent mirages,
la vérité n'existe pas,
la vérité n'est qu'un nuage,
la vérité est sans visage.

Chacun la voit dans son miroir
sachant qu'elle est universelle :
au-dessous des ris et des chairs,
le crâne mangé de lacunes,
les os plats, le vomer, le test,
sorti du puisard de l'espèce
s'en retournant parade faite,
parodie, finie, n i ni,
fleurs et couronnes sur la tête
dans la terre creusée de puits.

POINT

Ex oriente lux...
Désorienté, dans cet immobile mobile
qui m'emporte à grande vitesse
vers le Nord, l'étoile polaire,
je vois à l'Est le jour levant
tout rose et comme hésitant
qui pointe à l'heure syndicale,
changeante au décours des saisons.
Quelle heure est-il ? Bonne réponse
si l'on connaît le jour, le mois.
Que reste-t-il comme repère ?
Le Nord, le Sud, l'Est et l'Ouest,
et le réveil de nos viscères
qui reçoivent de l'éternel
deux ou trois cycles statutaires !

ROUTINE

Tout a été fait, refait, tout recommence,
le neuf n'y voit que du neuf
le ciel, que du bleu.
Mais il y a la première hirondelle,
et les clichés à tire-d'aile,
le printemps, violette, crocus
et les oiseaux qui se bécotent
- est-il possible cet amour ? -
les aubes à quartier de lune,
étoiles, berger, lève-tôt,
le salut du soleil en habit de lumière,
le nuage frondeur qui se pousse et s'efface
et dans l'herbe un enfant qui joue, à quatre pattes,
à cueillir des fleurettes bleues pour sa maman.

VISITEUSE

Une pensée me provoque,
étrangère en habit de soie,
venue d'un siècle d'autrefois,
fleur parfaite mais qui me choque.

Sans doute après manger et boire
un philosophe d'occasion
légifère sur ma nature
mais je résiste à l'érosion.

Bien dit, bien fait, dame s'incline,
mensonge bien empaqueté
dans un habit de vérité
et moi-même, d'abord, j'opine.

Et je me révolte aussitôt
débusquant le biais qui déforme
sous le film plaqué or qui l'orne,
l'évidence du dit propos.

En habit noir, les aphorismes
sortiraient-ils dans un rictus
mêlant dans roses et cactus
le faux et le vrai dans leur prisme ?

RETOURS

J'ai tant vécu de vies dont il ne reste rien
que j'hésite toujours à croire à ma présence
d'homme réel jouant sa double farce

d'animal éduqué, chassant le naturel,
mais esclave soumis aux besoins d'existence,
aboyeur, mordeur, ravageur
et prêt à tout pour baliser son territoire

de penseur sublimé, jongleur de mots, d'idées,
et parfois découvreur de vérités premières,
ou mystique envolé en des creux inédits
stigmatisé du cœur qui bat comme en chacun.

L'âme et la chair se combinent, s'effacent,
tout en un qui est homme en ses mille avatars,
géant, Petit Poucet, Chat botté, roi déchu,
ou Barbe Bleue comptant ses femmes au placard
mais aussi empereur et même Dieu parfois,
si faible si ardent sous un regard de femme,
pauvre endormi blasé rêvant après l'amour.

Rien de sûr, sauf le méridien, grand axe,
ligne de force, en fait ligne de vie,
frêle, ce fil, du berceau à la tombe,
que n'importe qui coupe, en Parque improvisée,
victimes et bourreaux dansant la même valse,
tourbillons programmés par le vent du destin,
qui use, abuse et tue
et réduit en poussière
ce qui vivait, ni bien ni mal,
vivant.

Ces jours d'automne sont si beaux, si tendres, qu'ils font oublier le printemps et ses ardeurs juvéniles.

Ni crainte, ni désir, l'espoir est hors saison. Le destin, s'il existe, se concentre en la joie pure de chaque seconde et les fragments de cette mosaïque d'espace-temps semblent se fondre en un long moment de bonheur sans attache.

Ainsi se pose la sérénité sur l'homme.

Comme, en haut de ma stèle, une colombe mauve au rameau d'olivier.

ANNEXE

FAUST : REPÈRES BIOGRAPHIQUES

C'est autour de 1480 que Faust (Johann) naquit à Knittlingen dans le Wurtemberg. Il fit ses études à Cracovie, en portant un intérêt particulier à ce que l'on appelait alors la “magie”. Parmi des titres impressionnants, celui de docteur en philosophie (à prendre dans un sens très large), grade qu'il a réellement obtenu, accessoirement maître, astrologue, nécromant, mage etc. Sa faconde, au service d'affirmations pédantes et surtout prétentieuses, le fait mal juger par certains, comme Mélanchton qui l'accuse de turpitude et même, avant l'heure, de suppôt de Satan. Ses aptitudes à l'esbroufe sont si grandes qu'il se taille une belle réputation. À Kreuznach en 1507, il est chargé par Franz von Sickingen de l'éducation d'enfants et en 1520, par le Prince évêque de Bamberg d'établir son horoscope. Sa réputation est telle qu'en l'expulsant, les échevins d'Ingolstadt lui extorquent l'engagement de ne pas se venger. On le consulte, il berne nombre de naïfs, et pas seulement des naïfs. Mais sa renommée va s'amplifiant !

On dira plus tard qu'il avait conclu un pacte avec le diable, mais déjà, tout se passait comme s'il disposait d'un pouvoir magique au point qu'on le croit capable de fabriquer de l'or : le comte Antoine de Staufen le prend à son service et c'est donc à Staufen, village au sud de Fribourg-en-Brisgau, qu'il finit par mourir en 1540 environ, dans des circonstances mal connues, en tout cas propices aux élucubrations et la naissance d'une légende.

Aujourd'hui encore, à Staufen (anagramme inattendue), existe une belle auberge qui serait celle où Faust acheva sa course tumultueuse : un prospectus soucieux d'imiter une gravure ancienne montre près d'une fontaine monumentale, l'auberge au pied de la colline où s'élèvent quelques ruines du château et l'on peut lire en caractères gothiques : «*Zum Gedächtnis an den Untergand des Dr Faust im Jahre 1539 im Gasthaus zum Löwen in Staufen*». (En souvenir de la mort du Dr Faust, l'an 1539, dans l'auberge du Lion, à Staufen).

Ce qui est sûr, c'est que Faust a existé : il a même dû compter parmi les savants et les personnalités de son époque. Si l'on trouve des traces administratives de son passage sur terre, en revanche, il n'a pas laissé le moindre écrit et certains auteurs estiment que c'est peut-être à cause de cette lacune que la légende a pu croître et embellir.

*

Les citations de Nietzsche placées en épigraphes sont des traductions dues respectivement à Patrick Wotling, "Par-delà bien et mal"(Flammarion 2000) et Geneviève Blanquis, (trad. revue par Paul Mathias)

"Ainsi parlait Zarathoustra" (Aubier 1969, Flammarion 1996).

TABLE

AVANT-PROPOS

FAUST A STAUFEN